CATALOGUE

DES

GRAVURES ET PORTRAITS

FRAGONARD, GREUZE, PRUD'HON, ETC.

ET

LIVRES SUR LES BEAUX-ARTS

COMPOSANT LA COLLECTION DE FEU

M. Hte WALFERDIN

Dont la vente aura lieu

HOTEL DES COMMISSAIRES-PRISEURS

rue Drouot, 9, Salle n° 4.

Le Lundi 5 avril 1880

A DEUX HEURES PRÉCISES

Par le Ministère de Me PAUL RAIN

Commissaire-Priseur, rue Bleue, 19,

ASSISTÉ DE M. PAIRAULT FILS, LIBRAIRE-EXPERT

55, RUE LAFAYETTE.

PARIS

LIBRAIRIE DE Mme VEUVE PAIRAULT

55, RUE LAFAYETTE, 55

Près le faubourg Montmartre.

1880

CONDITIONS DE LA VENTE

La vente sera faite au comptant; les acquéreurs paieront cinq pour cent en plus du prix d'adjudication, applicables aux frais.

EXPOSITION

Les gravures, estampes et portraits seront visibles à notre librairie, rue Lafayette, 55 (Salle d'Exposition) le samedi 3 et le dimanche 4 avril de deux heures à quatre heures.

Monsieur PAIRAULT Fils, chargé de la vente, remplira aux conditions d'usage, les commissions des personnes qui ne pourraient y assister

ORDRE DE LA VACATION

Livres	N°	1 à 39
Portraits	N°	106 — 174
Estampes et Vignettes	N°	40 — 105

LOTS.

CATALOGUE

DES

GRAVURES ET PORTRAITS

LIVRES SUR LES BEAUX-ARTS

Composant la collection de feu

M. H^te^ WALFERDIN

OUVRAGES

SUR LES

BEAUX-ARTS

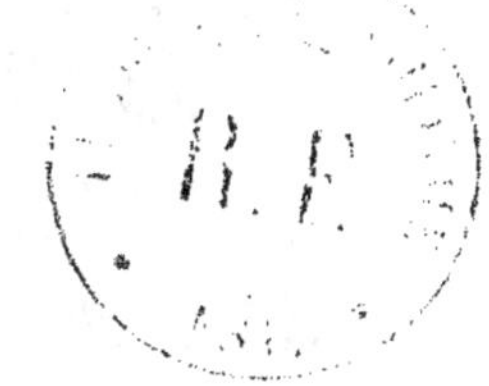

1 **Lanzi**. Histoire de la peinture en Italie. *Paris*, 1824, 5 vol. in-8, br.

2 **Piles** (de). Cours de Peinture, par principes. *Paris, Etienne*, 1708, in-12, v. gr. FRONTIS.

3 **La Peinture**, poëme en trois chants par Le Mierre. *Amsterdam*, 1770, in-12, v. mar.

Orné de jolies figures.

4 **Saint-Igny**. Elémens de Pourtraiture, ou la métode de représenteur et pourtraire toutes les parties du corps humain. *Paris*, *chez Fr. l'Anglois*, 1630, in-8.

A la suite de cet ouvrage se trouve un grand nombre de planches sur le même sujet, plus un autre ouvrage intitulé : Librorum nova da Diffegnaro F. L. D. Ciartres exudit Parigi.

5 **Essai** sur la peinture, la sculpture et l'architecture, par M. de *(Bachaumont)*. S. l. 1752, in-12, v. mar. *joli frontis.*

On a relié avec ce vol. : La grande Galerie de Versailles. Paris, 1733, in-12, — et Sculptura Carmen, 1752.

6 **Diderot**. Essai sur la peinture. *Paris*, *Buisson*, *an quatre*, in-8, v. m.

7 **Deseine**, statuaire. Notices historiques sur les anciennet académies royales de peinture, sculpture de Paris, es celle d'architecture. *Paris*, *Le Normant*, 1714.

8 **Artaud**. Considérations sur l'état de la peinture en Italie, dans les quatre siècles qui ont précédé celui de Raphaël. *Paris*, 1811. in-8, bro.

9 **Vitet** (L.). L'Académie royale de peinture et de sculpture (étude). *Paris, Lévy*, 1861, in-8, bro.

10 **Réflexions** critiques sur les différentes écoles de peinture, par le Mis d'Argens. *Paris*, 1752, in-12, cart. n. rog.

11 **Reynolds** (Chevalier Josué). Œuvres complètes. *Paris, de l'impr. Levrault*, 1806, 2 vol. in-8, dem.-rel. v.

Orné d'un beau portrait de Reynolds.

12 **Œuvres** de M. Raphaël Mengs, premier peintre du roi d'Espagne, aux dépens du traducteur, 1782, pet. in-8, dem.-rel. joli portrait.

13 **Delestre** (J.-B.). Etudes des passions appliquées aux beaux-arts. *Paris*, 1853, in-8, bro.

14 **Piles** (De). Abrégé de la vie des peintres. *Paris, Estienne*, 1715, in-12, v. gra. FRONTIS.

15 **Léopold Robert**. Sa vie et ses œuvres, par Feuillet de Conches. *Paris*, 1848, in-12, bro.

16 **Géricault**. Etude biographique et critique, avec le catalogue raisonné par C. Clément. *Paris*, 1868, in-12, br.

17 **Morgan** (Lady). Mémoires sur la vie et le siècle de Salvator Rosa. *Paris, Eymery*, 1824, 2 t. en 1 vol. in-8, mar. r. tr. dor. port.

18 **Champfleury**. Les Peintres de Laon et de St-Quentin (DE LA TOUR). *Paris, Didron*, 1855, in-8, br.

19 **Notices** sur les tableaux vendus, pillés, saccagés et sauvés dans mon pauvre vieux château de la Goupillère, par Mme du Prat. (*Blois* 1798). Publiées par le Mis du Prat. *Versailles*, 1863, in-8, bro.

Volume tiré à 100 ex. portant un envoi d'auteur à M. Walferdin et une lettre Mss. ajoutée.

20 **Catalogue** raisonné des différents objets de curiosité qui composaient le cabinet de feu M. Mariette, par F. Basan. *Paris, l'Auteur*, 1775, in-8, v. f. titre gravé, front. et figures, avec les prix manuss. Très-rare.

21 **Catalogue** de 23 tableaux de la Galerie San Donato, vente 1868, in-8, br. avec 23 eaux-fortes, très-rare.

22 **Burtin**. (F. X. de). Traité théorique et pratique des

connaissances nécessaires aux amateurs de tableaux. *Valenciennes,* 1856, in-8, br.

23 **Blanc**. (Ch.). Le Trésor de la curiosité. *Paris, Renouard,* 1857, 2 vol. in-8, br.

24 **Renouvier**. Histoire de l'origine et des progrès de la gravure, dans les Pays-Bas et en Allemagne, jusqu'à la fin du xve siècle. *Bruxelles,* 1860, in-8, br.

25 **Renouvier** (J.). Des types et des manières des maîtres graveurs, pour servir à l'histoire de la gravure en Italie, etc. (xvie et xviie siècles). *Montpellier,* 1855, in-4, bro.

26 **Explication** détaillée des gravures d'Hogarth par G. E. Lichtenberg, trad. en français par MM. Lamy, *Gœttingue,* 1797, in-12, dem.-rel. les planches manquent.

On a relié à la suite de ce vol. : Lettres de Monsieur ** à un de ses amis à Paris pour lui expliquer les estampes de Hogarth par Roucquet.

27 **Stendhal**. Promenades dans Rome. *Paris, Delaunay,* 1829, 2 vol. Rome. Naples et Florence. *Paris, Delaunay,* 1826, 2 vol. ensemb. 4 vol. dem.-rel. v.

28 **Salons**. Livrets des salons de peinture et sculpture pour les années 1737-38-39-40-41-42-43-48-50-59-63-65-67-69-71-73-75-77-79-81-85-87-89-91-93-96-97-98-99, de 1800 à 1817, (moins 1805 et 11), et 1819-22-24-27-31-33-34-35-36-37-38-39-40-41-42-44-45-46-47-48-49, soit ensemble 67 vol. ou années, in-8, brochés et reliés.

Collection très-rare.

29 **Salons**. Livrets des salons de peinture et sculpture. Années, 1773-1777-1793-1806-1812-1838-1839-1840-1841 43-44 et 47, soit 12 années, in-12, br. l'année 1773 est en dem.-rel.

30 **Salons** de 1759-1763-1769-1771-1775-1781. Par Diderot, publiés avec notes de Walferdin, dans la *Revue de Paris,* série complète extraite de cette Revue.

31 **Salon** de 1767. Lettres sur les peintures, sculptures et gravures de M^{rs} de l'Académie royale exposées au salon du Louvre depuis 1767, jusqu'en 1769, par Bachaumont. *Londres, J. Adanson,* 1780, in-12, bro.

32 **Salon** de 1769. Lettre sur les peintures, gravures et sculptures qui ont été exposées cette année au Louvre par M. Raphaël. *Paris, Delalain,* 1769. — Réponse de

M. Jérôme, râpeur de tabac à M. Raphaël. *Paris, Jombert*, 1769, ens. 2 bro. in-8, dérel.

La première de ces pièces est de Daudé de Jossan. La 2e de Cochin.

33 **Salon de 1771**. Lettre de M. Raphaël le jeune, élève des Ecoles gratuites de dessin, neveu de feu M. Raphaël peintre de l'Académie de Saint-Luc, à un de ses amis, architecte à Rome, sur les peintures, sculptures et gravures qui sont exposées cette année au Louvre. *S. l.* 1771. — L'OMBRE de Raphaël, ci-devant peintre de l'Académie de Saint-Luc, à son neveu Raphaël, en réponse à sa lettre sur les peintures, etc. *S. l.* 1771. — PLAINTES de M. Badigeon, marchand de couleurs sur les critiques du Salon de 1771. *Paris, Cellat*, 1771, ensemble 3 brochures in-8, non rel. TRÈS-RARES.

34 **Salon** de 1783. Le Songe, ou la conversation à laquelle on ne s'attend pas, scène critique. La scène est au Salon de 1783 (PAR J. B. PUJOULX). A *Rome*, 1783, in-8. — L'Impartialité au salon, dédiée à Messieurs les critiques présens et à venir (PAR RENOU, PEINTRE). *Boston et Paris*, 1783, ens. 2 pièces.

35 **Salon** de 1785, 6 pièces en 1 vol. in-8, dem.-rel. toile.

Observations. — Réflexions impartiales. — Observations critiques. — L'Aristarque moderne. — Mélanges de doutes et opinions. — Le peintre Anglais au salon.

36 **Salon** de 1785. Impromptu sur le salon des tableaux exposés au Louvre en 1785, dialogue en vers. *Paris, Cailleau, s. d.*, in-8.

37 **Salon** de 1787. Lettre à M. de Non, en réponse à une lettre d'un étranger sur le salon de 1787. *Paris, Didot*, in-8.

38 **Salons**. Annuaire de l'Ecole française, ou lettres sur le salon de 1819, par Kératry, in-12, dem.-rel. v. FIGURES. — Diogène au salon de 1846, in-12, bro. — Le salon de 1846, par E. Thoré, in-12, bro. — Le salon de 1847, du même. — Salon de 1852, par E. et J. du Goncourt. *Paris*, 1852, in-12, bro. ENVOI D'AUTEURS. — Promenades de long en large au salon de 1870, par Mezin, in-8, ens. 6 vol.

39 **Noverre**. Lettres sur les Arts imitateurs en général et sur la danse en particulier. *Paris*, 1807, 2 vol. in-8, br.

ESTAMPES VIGNETTES

ET

PORTRAITS

40 **Callot** (J.). Six portraits divers, la Tentation de saint Antoine. Les Misères de la guerre, 3 pièces. Vues de Paris, 2 pièces, et autres ; ensemble 16 pièces anciennes et modernes.

41 **David** (Jules). Le Serment du Jeu de paume, grande pièce lithographiée avant toute lettre, toute marge.

42 **David d'Angers**. Le Fronton du Panthéon, dessiné et gravé par Leroux, superbe pièce gr. in-fol. toute marge. Envoi au Crayon, de David d'Angers, à son collègue de la Constituante, M. Walferdin.

43 **Fragonard**. Télémaque et Eucharis, grav. par Farey, charmante pièce ovale, en couleur. Dans un cadre de l'époque.

44 —— La Résistance inutile, grav. par Vidal, in-fol. décadrée, non collée.

45 —— La Famille du fermier, grav. par Beauvarlet, in-fol. (épreuve moderne).

46 —— Le Serment d'amour. La Bonne mère, gravés par N. De Launay et J. Mathieu, 2 superbes pièces décadrées, non collées, marges, légères mouillures superbes épreuves.

47 —— Le Temps orageux. J. Mathieu, sculp. in-fol. en travers.

48 —— Le Serment d'Amour, gr. par J. Mathieu, courte de marge, fatiguée.

49 —— Le Contrat, grav. par Blot, pièce in-fol. gr. marge. Le Verrou, gr. par Blot, in-fol. sans marge et tachée.

50 **Fragonard**. Les Plaisirs interrompus. Will. sculp. épreuve mod.

51 —— La Déclaration, le Serment, belles pièces in-fol. épreuves modernes.

52 —— La Bacchante, dess. et gr. à l'eau-forte par Fragonard, pet. in-8, carré.

53 —— Les Deux femmes à cheval, petite eau-forte, in-8, en travers, toute marge.

54 —— Le Parc, superbe eau-forte non terminée, toute marge in-8.

55 —— Les Disciples d'Emmaüs. — La Conception de la Vierge. — Saint Jérôme; ensemble, 3 pièces in-8 à l'eau-forte.

56 —— 3 pièces gravées à l'eau-forte par Saint-Non, bas-reliefs, meubles antiques, etc...

57 —— Scène de Satyre. Frago. del. et sculp. in-4 en travers.

58 —— Annette à l'âge de vingt ans. F. Godefroy sculp. tiré du cabinet de M. Vassal de Saint-Hubert, petite pièce in-4, 2 *épreuves*.

59 —— 12 pièces in-8, eaux-fortes de tableaux de maîtres Italiens. Belles épreuves, toutes marges.

60 —— Cérès vient d'allumer deux branches de sapin à l'Etna. Joli fleuron, Choffard sculp. 1794, tirage à part.

61 **Gillot** (Cl.). La Vieillesse, la Virilité, 2 pièces in-4. Le Sabbat, 1 pièce in-4, en largeur, en tout 3 pièces.

62 **Gravures anglaises** en couleur, 2 pièces. Bartholozzi sculp. dans des cadres XVIIIe, belles épreuves anciennes.

63 **Greuze**. La Vertu chancelante, gr. par J.-B. Massard, in-fol. à toute marge.

Belle pièce avant la lettre, noms des artistes à la pointe sèche et signatures au verso.

64 —— La Pelotonneuse, gr. par J.-J. Flipart, belle épreuve petite marge.

65 —— Jeune fille pleurant son oiseau mort, gr. par J.-J. Flipart, belle pièce in-fol. superbe épreuve.

66 **Greuze.** La Malédiction paternelle, gr. par Levasseur, gr. in-fol. en travers, belle épreuve avant la lettre.

67 —— La Fille confuse, gr. à l'eau-forte par Ingouf, épreuve avant la dédicace, toute marge.

68 —— La Fille grondée, gr. par Letellier, belle épreuve, marge.

69 **Mallet.** Le Culte naturel. Jolie pièce, gr. in-fol. en travers à l'eau-forte, non terminée, marge.
Rare.

70 **Prudhon.** La Liberté, grav. par Copia, superbe épreuve à toute marge, noms à la pointe (Encadrée).

71 —— La Loi, pièce in-8, en travers, belle épreuve d'état avec les noms d'artistes à la pointe.

72 —— A Desaix. Bas-reliefs, Roger sculpsit. — Le Couronnement de Racine, Leroux sculp. 1820, in-8, avant la lettre. — Zéphir. Pitaux sulp. in-8, marge in-4. — Une Lecture, lith. Mote, in-4 sur chine, ensemble 4 pièces.

73 —— La Constitution française, grande pièce in-fol. en travers. Copia sculp. superbe épreuve, marge.

74 —— Vénus et Adonis, Joseph, Thémis, lithographies par Boily, 3 pièces.

75 —— La Famille malheureuse, Toussaint Caron, sculp. belle pièce gr. in-fol. sur chine, avant la lettre, noms d'artistes à la pointe sèche ; envoi autographe du graveur à A. Desenne.

76 —— Les Vendanges, Marguerite, Une Pensée, trois pièces lithographiées par Aubry-le-Comte. Belles épreuves. Les deux premières sur chine.

77 —— Son portrait par lui-même, in-8, sur chine avant toute lettre, marge in-fol.

78 —— République française, 2 pièces en-têtes de diplômes grav. par Roger.

79 **Ransonnette** (Ch.). Enfance de Sixte-Quint. — Jésus et la Samaritaine, 2 pièces in-4, grav. par Ransonnette.
Belles épreuves sur chine et avant la lettre, envoi de Ransonnette à M. Walferdin.

80 **Wattier** (Emile). Eaux-fortes, 3 pièces, genre Wat-

teau, in-8 et in-4, Epreuves d'artiste, avant la lettre, sur chine.

81 **Première** et deuxième frises de l'Arc de Triomphe, élevé au Champ-de-Mars pour la fédération du 14 juillet 1790, dess. et gr. à l'eau-forte par Massard, 2 gr. pièces en travers, marge.

82 **Révolution**. Le Soleil au Signe du Capricorne, gr. in-fol. en travers, grav. sur bois coloriée. — La Constitution, pièce pet. in-fol. en travers, également sur bois et coloriée, 2 pièces.

83 **Monnier** (H.). Pasquinades. Liberté. — Sauveur et Savant, 2 pièces, gr. in-4, en couleur, rares.

84 **Caricatures**. 16 pièces en noir et en couleur, de la Restauration à 1848.

VIGNETTES

85 **Fragonard** (D'après). ILLUSTRATIONS POUR LES CONTES DE LA FONTAINE, in-4.—La Fiancée du roi de Garbe, 2me sujet.
Superbe épreuve à l'état d'eau-forte, toute marge.

86 —— Le Savetier, grav. par Dambrun.
Superbe épreuve à l'état d'eau-forte, à toute marge.

87 —— La Clochette, gravée par Dambrun.
Très-rare épreuve à l'état d'eau-forte, marge.

88 —— A Femme avare, galant escroc, gravé par Aliamet.
Superbe épreuve à l'état d'eau-forte, toute marge, très-rare.

89 —— On ne s'avise jamais de tout, gr. par Patas.
Superbe épreuve à l'eau-forte, toute marge, très-rare.

90 —— Joconde, 3me sujet, grav. par Trière.
Très-rare épreuve à l'eau-forte toute, marge.

91 La Fiancée du roi de Garbe, 1er sujet par Monnet, gr. par Tillard.
Superbe épreuve avant la lettre toute marge.

92 —— A Femme avare, galant escroc, gr. par Aliamet.
Superbe épreuve avant la lettre, toute marge.

93 —— Le Baiser rendu, par Lingée.
Superbe épreuve avant la lettre, toute marge.

94 —— Le Gloutou, gr. par Simonet.
Superbe épreuve avant la lettre, toute marge.

95 —— Belphégor, gr. par Patas.
Très-rare épreuve avant la lettre, toute marge.

96 —— Le Paysan qui avait offensé son Seigneur, gr. pap. Lingée.

Belle épreuve, toute marge.

97 —— Le Cocu battu et content, gr. par Delignon.

Belle épreuve, toute marge.

98 —— A Femme avare, galant escroc, gr. par Aliamet.

Superbe épreuve, toute marge.

99 —— Le Savetier, gr. par Dambrun.

Très-belle épreuve, toute marge.

100 —— Le Mari confesseur, gr. par Tillard.

Belle épreuve, toute marge.

Voir dans le Catalogue des Livres 1 ex. des Contes de La Fontaine. *Paris, Didot*, 1795, 2 vol. in-4, bro. n. coup.

101 **Illustrations pour La Fontaine**. La Courtisane amoureuse par Devéria, Comment l'Esprit vient aux filles par Johannot, les Femmes et le secret, l'Homme entre deux âges, etc. ensemble 5 pièces à l'état d'eau-forte, in-8, toute marge.

102 **Prudhon** (*D'après*). 4 figures gravées par Copia et Beisson pour les œuvres de Bernard. *Didot*, 1797, in-4, superbes épreuves, toute marge.

103 **Prudhon** (*D'après*). 5 figures grav. par Copia, plus un port. de Rousseau pour ill. la Nouvelle Héloïse, in-8, 1804, toute marge.

104 **Moreau** (Le jeune) gr. par Bocq. une vignette pour le Mérite des femmes, superbe épreuve, marge in-8.

105 **Vignettes** de T. Johannot, Devéria, H. Vernet, Westall, etc. pour divers ouvrages; ensemble 20 pièces, épreuves d'état, eaux-fortes avant lettres, sur chine, etc.

PORTRAITS

106 **Bacon** (F.) et Spinosa (B.), courts de marges dans des cadres XVIIIe.

107 **Bayle** (P.). P. Savart sculp. 1774, belle épreuve dans un cadre de l'époque, marge.

108 **Beaumarchais**, grav. par Delâtre, publ. par Esnauts et Rapilly, in-8, avant le nnméro, superbe épr. toute marge.

109 **Beaumarchais** par Devéria, gr. par A. Ethiou, en 2 états avant la lettre, et avec la lettre sur chine, marge in-4.

110 **Boudan** (A.) et Ch. Patin grav. par Le Febure, 2 pièces encadrées ensemble. Le port. de Boudan est en 1er état superbe épreuve à toute marge.

111 **Brantôme**, Ambr. Paré et Spinosa, de la coll. Odieuvre, le dernier avant l'adresse.

112 **Buffon** (Cte de) dessiné par Pujos, gr. par *V. Vangelisty*, 1777, in-fol.
Superbe épreuve.

113 **Charlotte Corday**. Buste dans un médaillon ; au bas un écusson où elle est représentée assassinant Marat, in-8, rare.

114 **Charlotte Corday** gr. par Tassaert, d'après Haner, in-fol., toute marge, belle pièce.

115 **Charlotte Corday** en costume de paysanne, belle pièce in-4, en couleur, toute marge, rare.

116 **Chénier** (J. de). Par Lefèbvre, grav. par Boutelou. — *Id.* par Devéria, Goulu sculp. sur chine, avant la lettre. — *Id.* par Hce Vernet, grav. par Lefèvre jeune, gr. in-8, sur chine, avant la lettre. — *Id.* par Devéria gr. par Dequevauvilliers, chine, avant la lettre, ens. 4 pièces.

117 **Contat** (Mlle) de la Com. franç. par Desrais, gr. par Dupin fils, in-8, jaunie, très-rare.

118 **Copernic** N.-A.-G. pinx, G.-B. sculp. in-4, toute marge, encadré.
De la coll. Odieuvre, avec l'adresse.

119 **D'Alembert** et Diderot, A. de Saint-Aubin, del. et sculp. in-4, belle épreuve marge.
Avec la dédicace Ch. Panckoucke aux auteurs, de l'Encyclopédie.

120 **D'Alembert** (J.) grav. par Maleuvre d'après Pujos, belle épreuve, dans un joli cadre de l'époque, petite marge.

121 **D'Alembert** (J.). Dess. par Jollain, gr. par Henriquez in-fol. — Le même par Watelet, gr. par Cochin, 2 pièces.

122 **Delalande** (Jérôme), par Ely, grav. par A. de Saint-Aubin, in-4, dans un cadre de l'époque.

123 **Desmares** (Charlotte) et Adrienne Lecouvreur, par Coypel gr. par P. Drevet et Lépicié, in-fol., toute marges, épr. mod. (Marel).

124 **Diderot** par Vanloo grav. en couleur par Alix, in-4, 2 états. 1° avant la lettre, toute marge ; 2° avec la lettre, m.

125 **Diderot** par Vanloo grav. par Henriquez, beau portrait, in-fol., toute marge.

2 épreuves.

126 **Diderot**. Grav. par A. de Saint-Aubin d'après Greuze, belle épreuve, dans un cadre de l'époque ex-dono de la fille de Diderot, Marie-Angélique.

127 **Diderot**. D'après Greuze, gr. par Benoist, in-4, marge, encadré.

128 **Diderot**. Par Greuze grav. par Dupin, in-8. (Esnauts et Rapilly), 2 états : 1. avant le n.; 2 avec le n°.

129 **Diderot.** Par Garand grav. par Chenu, in-8, avant la lettre, dans un cadre de l'époque.

Extrait d'une lettre de Diderot à Mlle Volland.. ..
« *Je n'ai jamais été bien fait que par un pauvre diable nommé Garand, qui m'attrapa, comme il arrive à un sot qui dit un bon mot, celui qui voit mon portrait par Garand, me voit* Ecco IL VERO POLICHINELLO ! » DIDEROT.

130 **Diderot**. Grav. par Chenu, d'après Garand, dans un cadre de l'époque, avant la lettre, écriture ancienne sur la tablette.

131 **Diderot**. A l'eau-forte, in-4, en médaillon, sur une tablette dans laquelle se lit l'inscription : INDULGENT AUX HUMAINS, ETC. ETC., belle pièce, m. très-rare.

132 **Diderot**. Par Binet, grav. par Lebeau, in-8, belle épr. m.

133 **Diderot**, Par Aubry grav. par Drupreel, in-8, 2 états : 1. avant la lettre ; 2. avec la lettre.

134 **Diderot**. Par Mme Therbouche, grav. par Bertonnier, in-8, 3 états: 1° à l'état d'eau-forte ; 2° tablette blanche ; 3° avec la lettre.

135 **Diderot**. Par Devéria, 2 différents, 1 grav. par Dequevauvilliers et l'autre par Simonet, in-8, épreuves sur chine, avant la lettre.

136 **Diderot** et d'Alembert, St-Aubin, del. et sculp. in-4, marge.

Avec la dédicace Ch. Panckoucke, aux auteurs de l'Encyclopédie, encadrée.

137 **Diderot**. 23 différents : 1° par Greuze grav. par Saint Aubin, Benoist, Dupin, Gaucher et Ryder ; 2° par Vanloo, grav. par Henriquez, Saint-Aubin, David et Tardieu ; 3° par Bonneville, grav. par Compagnie ; 4° par Binet, grav. par Elardy ; 5° par Delaporte, etc., etc., en tout 23 pièces in-8 et in-4.

138 **Diderot**. Doubles de la collection précédente. 10 pièces. par Vanloo, Greuze, Binet, etc.

139 **Duclos** (Mme). Par Desplaces d'apr. Largillière. — Du Châtelet (Mme) par Langlois. —Penthièvre (Mme Adélaïde de) par Robert d'ap. David. — Raucourt (Mlle) grav. par Malapeau. — Mme de Saint-Huberti. — Mme du Gazon ensemble 6 pièces.

140 **Dutey** (Mlle). Célèbre comédienne, grav. par Le Beau, d'après l'Aîné, in-8, m. in-4, belle épr. A. P. D. R.

141 **Erasme**. Grav. à l'eau-forte par Van Dyck, belle épr. anc. petite m. très-rare.

142 **Favart** (Mme), Par Garand, grav, par Chenu, in-8, Belle épr. a toute marge.

143 **Favart** (Mme). Gr. par Chenu, d'apr. Garand. —Favart, gr. par Littret, d'après Liotard, 2 pièces.

144 **Franklin**. J. Pélicier, sculp., 1782 (à la pointe sèche, au milieu du cadre,) in-8, toute marge.

145 **Franklin**. Duplessis, inv. P. Pl. sculp. in-fol. gr. m.

146 **Franklin** (B.). Par Mme Filleul, gr. par Cathelin, in-fol. toute marge.

147 **Franklin**. L.-C. de Carmontelle, del. in-fol. avec la légende : On l'a vu désarmer les tyrans et les Dieux, beau portrait, tache à la marge.

148 **Franklin**. Grav. par Le Beau d'apr. Desrayes. (coll. Esnauts et Rapilly). Belle épreuve avec le numéro, dans un cadre de l'époque, marge.

149 **Galilée**. Sept portraits, in-8, et in-4, par divers, anciens et mod.

150 **Gillot** (Cl.). Son portrait grav. par Aubert d'après lui-même, in-fol. (2 exemplaires).

151 **Gros**, par lui-même, gr. par Vallat, 1840, superbe épreuve sur chine, avant la lettre, marge, in-fol.

152 **Marat** par David. gr. par Copia, in-fol. toute marge. Le Même de la coll. Esnauts et Rapilly, in-8, belle épreuve, 2 pièces.

153 **Maréchal** (Sylvain). In-8, s. n. de dessinateur ni de graveur avant la lettre. On a écrit au crayon dans la tablette : LE BONHEUR EST L'OUVRAGE DE DEUX, très-rare.

154 **Molière**, gr. par Habert d'apr. Mignard. Belle épreuve, rare (sous-verre).

154 *bis* **Molière**, grav. par Edelinck d'après Mignard, coupé et ajusté pour entrer dans la collection des hommes illustres de Perrault in-fol. Ce tirage ne porte aucun nom d'artiste, belle épreuve, marge.

155 **Molière**, gravé par Ficquet d'après Coypel, belle épreuve encadrée, très grande marge.

156 **Molière** grav. par Le Beau d'apr. Coypel, in-8, belle épreuve avant les noms d'artistes.

157 **Molière** (J.-B.-P.) gravé par Beauvarlet. d'apr S. Bourdon, gr. in-fol. belle pièce, toute marge.

158 **Molière**. . Sept portraits, par Ingouf, d'apr. Mignard ; par Duflos d'ap. S. Boudon; par Macret, d'ap. Coypel par Gucht, d'apr. Mignard ; par Petit (remmargé); d'après Mignard (tirage mod), in-4 ; d'après Coypel, par Hopwood. ens. 7 pièces, belles épr.

159 **Montaigne** (M. de), gravé par A. de Saint-Aubin, superbe épreuve dans un cadre de l'époque.

160 **Rabelais**. Folkema, inv. et sculp. 1740, in-4, t. m. belle épr.

161 **Rabelais**, gravé par Desochers, avec encadrement. in-4, gr. m.

162 **Rabelais** par Sarrabat. gr. par Savart, une épreuve ancienne, et une épr. mod. sur chine.

163 **Rabelais**. Treize portraits par et d'après B. Picart, Tardieu, Geoffroy, Devéria, Demouchy, Sarrabat, etc..., belles épreuves.

164 **Révolution**. Championnet (2 portr. diff.) Brune, A. Goujon, Bazire, Ankarstrom, gr. par Bonneville, et

Anacharsis Cloots, dess. au physionotrace; ensemble 7 port. in-8.

165 **Rolland** (Mme), gravée au physionotrace par Chrétien d'après Fournier, belle épreuve avant la lettre, dans un cadre de l'époque (ovale).

166 **Rolland** (Mme) par Duplessis-Bertaux, superbe pièce sur chine, avant le nom des artistes, toute marge. — Par Flameng, à l'eau-forte, et le portr. publiée par Furne, 3 pièces.

167 **Saussure** (Horace Bénédict de) par Saint-Ours, grav. par Pradier, in-fol., beau portrait, toute marge.

168 **Seine** (Catherine de), épouse du sieur Dufresne, peint par Aved, grav. par Lépicié, épreuve fatiguée.

169 **Villeneuve** Vence de Saint-Vincent (Julie de), Petite-fille de Mme de Sévigné grav. par Romanet, d'ap. Barthélemy, gr. m. l'épreuve à été pliée.

170 **Voltaire** par Ficquet d'après De La Tour, belle épreuve, dans un cadre de l'époque, sans marge.

171 **Washington**, gr. par Tardieu d'après Houdon, dans un cadre de l'époque (rond).

172 **Washington** : 1° Grav. par Le Mire d'apr. le tableau de L. Paon, in-fol., toute marge; 2° grav. par Le Beau d'apr. Desrais; 3° grav. par Macret, 3 pièces.

173 **Watteau** (A). 5 portraits, Lépicié, Crepy filius (2 états), Hilbert et une lithographie extr. de l'*Artiste.*

174 **Quinze** portraits de : Frédéric le Grand, gr. par Marais. Buffon, par Savart, sur chine (Mod.). — Claude Lorrain. — Raynal. — Machiavel. — Voltaire. — P. Arétin. — Rousseau. — Bacon. — Moli, par A. de Saint-Aubin. — Montaigne, par Fiquet (Moderne), etc...

175 Sous ce numéro il sera vendu plusieurs lots de vignettes, estampes et portraits non catalogués.

Paris, imp. gén. de l'Ouest, 4 bis, rue du Quatre-Septembre.

CATALOGUE

DES

GRAVURES ET PORTRAITS

FRAGONARD, GREUZE, PRUD'HON, ETC.

ET

LIVRES SUR LES BEAUX-ARTS

COMPOSANT LA COLLECTION DE FEU

M. H[te] WALFERDIN

www.ingramcontent.com/pod-product-compliance
Lightning Source LLC
LaVergne TN
LVHW012023160826
845678LV00002B/1000
* 9 7 8 2 3 2 9 6 4 4 2 0 2 *